RÉPUBLIQUE FRANÇAISE

LIBERTÉ-ÉGALITÉ-FRATERNITÉ

Administration générale de l'Assistance publique à Paris

CATALOGUE

DES MANUSCRITS

DES ARCHIVES

DE

L'ASSISTANCE PUBLIQUE

NOUVELLE SÉRIE

PAR

MARCEL FOSSEYEUX

DOCTEUR ÈS LETTRES
SOUS-ARCHIVISTE DE L'ASSISTANCE PUBLIQUE

BERGER-LEVRAULT, ÉDITEURS

PARIS | NANCY

5, RUE DES BEAUX-ARTS | 18, RUE DES GLACIS

1913

PUBLICATIONS

DE L'ADMINISTRATION GÉNÉRALE DE L'ASSISTANCE PUBLIQUE
A PARIS

L'Assistance publique en 1900. — Ouvrage contenant la monographie et les règlements de tous les services et établissements de l'administration. Un fort volume grand in-4 de 834 pages, avec illustrations et plans, 7 cartes hors texte . . . . . **15** fr.

L'Assistance publique : Ses bienfaiteurs et sa fortune mobilière. — État des libéralités et de leur emploi, publié par ordre de M. G. Mesureur, directeur de l'administration générale de l'Assistance publique (I, Hôpitaux et hospices ; II, Pauvres secourus à domicile), par Mauescot du Thilleul, Receveur de l'Assistance publique à Paris. 1904. Deux volumes grand in-8 de 688 et 1.055 pages . . . . **15** fr.

Les Grandes Fondations : l'hospice Debrousse (1892-1903), par A. Mesureur e M. Fosseyeux, 1908. Un volume grand in-8 de 80 pages avec 15 gravures et un plan. **1** fr.

Les Grandes Fondations : la Fondation Debrousse de Lyon, par A. Mesureup. 1910. Un volume grand in-8 de 66 pages avec 20 gravures et plan . . . . . . **1** fr.

Bureaux de bienfaisance. Manuel pratique à l'usage des administrateurs et commissaires de l'Assistance publique à Paris, par M. Benoist, chef du service des secours, avec une table méthodique des principales œuvres privées et publiques. 1904. Un volume in-8 de xii-69 pages, broché. . . . . *Épuisé*

Mémento des secours publics et des établissements d'assistance à Paris, par G. Gaillet. 1908. Un volume grand in-8 de 104 pages avec 3 plans . . . *Épuisé*

L'Assistance obligatoire aux vieillards, infirmes et incurables, manuel pratique pour l'application de la loi du 14 juillet 1905 à Paris, par M. Benoist et L. Chatelain. 1909. Un volume grand in-8 de 258 pages . . . . **3** fr. **50**

L'Œuvre de l'Assistance publique à Paris contre la Tuberculose (1896-1905) (Congrès international de la tuberculose de 1905), par A. Mesureur. Un volume grand in-8 de 105 pages avec 34 gravures et plans, broché . . . . **1** fr.

L'Isolement des tuberculeux et la lutte contre la tuberculose, *le dispensaire, le quartier spécial, l'hôpital suburbain,* par Léon Bourgeois, sénateur, membre du Conseil de surveillance de l'Assistance publique à Paris, président de la Commission permanente de préservation contre la tuberculose. 1906. Une brochure in-4. **1** fr.

Les Grands Travaux hospitaliers (1903-1909) : l'Hôpital Saint-Antoine (1795-1909), par A. Mesureur et M. Fosseyeux. 1910. Un volume grand in-8 de 56 pages avec 15 gravures et plans . . . . **1** fr.

Les Grands Travaux hospitaliers : l'Hôpital Claude-Bernard (1905-1910), par M. Fosseyeux. 1910. Un volume grand in-8 de 80 pages avec gravures et plan . . . . **1** fr.

L'Hôpital maritime de Berck-sur-Mer (1869-1910), par M. Fosseyeux. 1911. Un volume grand in-8 avec gravures et plan . . . . **1** fr.

La Réforme du personnel hospitalier (1903-1909) : l'École des infirmières de l'Assistance publique de Paris. 1909. Un volume grand in-8 de 53 pages avec gravures et plans . . . . **1** fr.

Les Écoles professionnelles du service des enfants assistés de la Seine l'École d'Alembert (1882-1909), à Montévrain (Seine-et-Marne), par P.-E. Havet. 1910. Un volume grand in-8 de 40 pages avec gravures et plans. **1** fr.

Les Archives de l'Assistance publique. Une addition au fonds de l'Hôtel-Dieu, par A. Mesureur et M. Fosseyeux. 1905. Brochure grand in-8 de 55 pages. **1** fr

Le Domaine des hospices de Paris, depuis la Révolution jusqu'à la troisième République, par Amédée Bonde, chef du service du domaine. 1906. Un volume in-8 de 338 pages, broché . . . . **6** fr.

Inventaire des Objets d'art appartenant à l'administration de l'Assistance publiqu à Paris, par M. Fosseyeux. 1910. Un volume grand in-8 de 191 pages avec 40 reproductions . . . . **3** fr.

L'Hôtel-Dieu de Paris au XVII⁰ et au XVIII⁰ siècle, par M. Fosseyeux. 1912. Un volume grand in-8 de 437 pages avec gravures et plan. . . . . **10** fr

RÉPUBLIQUE FRANÇAISE
LIBERTÉ-ÉGALITÉ-FRATERNITÉ

Administration générale de l'Assistance publique à Paris

CATALOGUE

DES MANUSCRITS

DES ARCHIVES

DE

L'ASSISTANCE PUBLIQUE

NOUVELLE SÉRIE

PAR

MARCEL FOSSEYEUX

DOCTEUR ÈS LETTRES
SOUS-ARCHIVISTE DE L'ASSISTANCE PUBLIQUE

BERGER-LEVRAULT, ÉDITEURS

PARIS | NANCY
5, RUE DES BEAUX-ARTS | 18, RUE DES GLACIS

1913

PRÉFACE

En dehors des manuscrits conservés aux Archives de
l'Assistance publique, dont le catalogue, dressé en 1908
par M. Amédée Boinet, figure dans la série des *Cata-
logues des manuscrits des Bibliothèques publiques* édité
sous les auspices du ministère de l'instruction publique,
il existe dans ce dépôt un certain nombre de pièces et
de dossiers formant l'embryon d'un fonds nouveau, qu'il
importait de signaler aux érudits et aux travailleurs.

La réorganisation du service des Archives de l'Assistance publique à la suite des délibérations du Conseil
municipal des 21 décembre 1903 et 24 mars 1904, et de
l'arrêté préfectoral du 27 février 1904, a permis de former
un fonds d'archives par la réunion de pièces éparses, de
manuscrits, de registres qui n'avaient fait encore l'objet
d'aucun classement, mais dont l'intérêt ne saurait
échapper, non seulement pour l'histoire hospitalière,
mais encore pour l'étude de la collectivité parisienne.

Cette nouvelle série a été constituée, soit par un
dépouillement de dossiers administratifs, soit par des
versements des établissements hospitaliers et des bureaux de bienfaisance, soit même par des achats. Elle
constitue un complément des *Inventaires sommaires*
publiés par M. Brièle et du *Catalogue* dressé par
M. Boinet. Elle comprend toutes les pièces retrouvées
concernant la période antérieure à 1789, sauf celles qui

figurent dans le fonds spécial du Domaine qui pourra
faire l'objet d'un dépouillement ultérieur, et un certain
nombre de pièces et de dossiers concernant la période
comprise entre la Révolution et l'année 1849. Cette date,
qui, sauf quelques rares exceptions, nous a servi de limite,
marque en effet, en vertu de la loi du 10 janvier 1849,
une étape décisive dans l'histoire hospitalière parisienne ;
elle ouvre pour ainsi dire une ère nouvelle dans cette histoire, et en dépassant cette date on courait le danger de
confondre les pièces d'archives avec les dossiers administratifs proprement dits, conservés dans chaque service.

Pour la disposition typographique de ce catalogue,
nous avons suivi autant que possible le modèle qui nous
était fourni par les publications officielles de la Bibliothèque nationale, sans toutefois nous astreindre à des
descriptions qui peuvent être de mise pour des manuscrits anciens, mais que ne comportaient point des pièces,
pour la plupart relativement récentes.

Marcel Fosseyeux.

CATALOGUE
DES MANUSCRITS
DES ARCHIVES
DE
L'ASSISTANCE PUBLIQUE

NOUVELLE SÉRIE

1. Réflexions sur le régime et les dépenses présentées au public sous le titre : *Hospice de la Charité* (Necker. — Legs de 3.000 francs aux Enfants-Trouvés par M. Necker (testament du 22 mai 1804). — Décret d'autorisation du 22 fructidor an XII. — Lettres de M*** de Staël datées de Coppet, « en Helvétie », des 27 juin et 15 juillet 1804. — Lettre écrite au roi par Necker 1784).

> xviiiᵉ siècle. Papier, 9 pièces.

2. Historique de l'*hôpital des Cliniques* et règlement intérieur. Signé : Cousin. 1864-1865.

> xviiᵉ siècle. Papier, 1 cahier 95 pages, 0,29 × 0,20.

3. Essai sur les *secours publics* en France avant 1789.

> xixᵉ siècle. Papier, 1 cahier 42 pages, 0,29 × 0,23.

4. Maison de Scipion (*Boulangerie centrale*). — Pièces diverses, entre autres délibération du Bureau de l'Hôpital général du 30 août 1781, concernant la rue de la Muette, près Clamart.

> xviiiᵉ-xixᵉ siècles. Papier, 29 pièces.

5. Mémoire sur la situation actuelle des *hospices de malades de la Ville de Paris* (8 germinal an VIII, 29 mai 1800). Manuscrit original. — Rapport de l'architecte *Clavareau*, remanié et publié dans son *Mémoire sur les hôpitaux civils de Paris* : Prault, rue Taranne, à l'Immortalité, n° 749, an XIII (1805), pages 115-122.

> xixᵉ siècle. Papier, 18 pages, avec plans. [Achat.]

6. Recueil de pièces et documents concernant la maison de l'*Enfant-Jésus*, « barrière de Sèves ». Copies.

> xixᵉ siècle. Papier, 1 cahier 82 pages, avec plans.

7. Pièces sur l'hospice des *Orphelines de la barrière de Sèves,* depuis hôpital des *Enfants-Malades* (1).

XVIIIe-XIXe siècles. 53 pièces, papier. 1 pièce, parchemin. Pièces originales, dont la copie figure dans le cahier précédent. La plupart des pièces datent de l'époque révolutionnaire; la pièce de parchemin datée du 10 mai 1752 est une ordonnance royale ordonnant une enquête *de commodo et incommodo* sur l'établissement de la maison de l'Enfant-Jésus, obtenue par J.-J. Languet, archevêque de Sens, frère de Languet de Gergy, curé de Saint-Sulpice, fondateur de l'établissement avec Mme de Lassay. On y a joint : État des biens acquis par feu M. le curé de Saint-Sulpice (1752). Voici le détail de ces pièces :

29 *mars* 1752. — Acquisition de l'hôtel de l'Enfant-Jésus et dépendances, par Languet de Gergy, prêtre, docteur en Sorbonne, et curé de la paroisse de Saint-Sulpice de Paris, pour 86.100 livres (copié sur l'original).

10 *mai* 1752. — Ordonnance royale par laquelle il sera informé *commodo et incommodo* sur l'établissement de la maison de l'Enfant-Jésus à Paris, obtenu par Mgr J.-J. Languet, archevêque de Sens, laquelle sera réputée de fondation royale. Original. Parchemin, 4 pages (achat).

17 *mai* 1752. — Donation par J.-J. Languet, archevêque de Sens, au nom et comme légataire universel de son frère, J.-B. Languet, curé de Saint-Sulpice, à l'hôpital de l'Enfant-Jésus, de tous les biens, jardin, enclos composant ladite maison près la barrière de Sèves (copié sur l'original).

18 *octobre* 1774 et 10 *juin* 1775. — 2 baux à M. le comte de Valentinois de terrains à Issy, avec 2 plans (copie).

18 *mars* 1784. — Cession à la fabrique de Saint-Sulpice pour servir de cimetière à ladite paroisse d'un terrain clos de mur comprenant 1.499 toises, 1 pied, 9 pouces, situé sur le chemin de Paris à Vaugirard, au delà de la croix, en échange de divers terrains à Vaugirard et à Issy (copie).

9 *juin* 1793. — Procès-verbal de visite des administrateurs du Directoire, avec le questionnaire des demandes et réponses fournies par la supérieure, Mme Demolières. Signé: Fenty, commissaire, et Douce, secrétaire-greffier (copie). Pièce intéressante qui donne le détail du fonctionnement et de l'organisation de la maison à cette époque, à rapprocher de la déclaration de la supérieure, 27 février 1790 (Arch. nat., S 7051), reproduite par Tuetey, *l'Ass. publ. sous la Rév.,* I, 736.

D'après la supérieure, aucun prêtre n'est venu dire la messe depuis le 12 août 1792. Les scellés sont apposés sur la chapelle, la sacristie et la bibliothèque servant à renfermer les archives.

22 *juillet* 1793. — Rapport du citoyen Guénard, demeurant rue du Four, n° 166, section du Luxembourg, agent de la maison de l'Enfant-

---

(1) Voy. L. Lambeau, la Maison royale de l'Enfant-Jésus, actuellement hôpital des Enfants-Malades (1694-1906), dans *Pr.-V. de la Comm. du Vieux-Paris,* 1907, in-4°, annexe.

Jésus (4 pages imprimées et 1 manuscrite) remis au citoyen Quiétan, procureur général syndic du département, pour prouver que cette maison ne doit pas être considérée comme un bien national, et que les rentes qui lui appartiennent doivent lui être payées.

Ce mémoire est accompagné du procès-verbal de levée des scellés et de description des titres et papiers de la maison, du 15 septembre 1792, fait par le citoyen Le Cinque, commissaire du département, en présence du citoyen Denouy, officier municipal, etc., obtempérant au réquisitoire des citoyennes supérieure et économe. Signé Guénard.

23 *juillet* 1793. — Précis fait dans les premiers jours de juillet 1793 concernant la maison de l'Enfant-Jésus, scise rue et barrière de Vaugirard, section de la Croix-Rouge, et l'état où l'on y est actuellement. On refuse de payer les rentes de 1792 et des 6 premiers mois de 1793, et les archivistes des biens nationaux, MM. Denouy et Jeanson, détiennent les contrats d'acquisition et de rentes et tous autres titres, et ils refusent de les remettre au chartrier de la maison d'où ils les ont emportés.

11 *ventôse an II* (1er mars 1794). — Lettre du ministre de l'intérieur aux administrateurs du département de Paris; il est chargé par un décret de la Convention du 27 pluviôse de procurer les secours qu'elles réclament aux sœurs converses de la maison, et il leur demande des renseignements pour rendre compte des mesures prises au comité des domaines de la Convention. Mémoire sur la situation présente de la maison.

30 *brumaire an III* (20 novembre 1794). — Rapport sur la réunion projetée à l'hospice des Cent-Filles de l'Enfant-Jésus, cul-de-sac des Vignes, section de l'Observatoire, et de celui de la Trinité, rue Denis, section des Amis de la Patrie. Signé : Dauvin. Ce rapport est important; il donne l'évaluation de la fortune de ces deux établissements au moment de leur suppression (original). Dauvin était alors à l'hospice des vieillards, faubourg du Nord.

23 *messidor an III* (11 *juillet* 1795). — Extrait des registres des arrêtés du comité des finances de la Convention nationale, section des domaines et contributions, du 23 messidor an III.

Arrêté relatif à la réunion des enfants orphelins dans la maison dite de l'Enfant-Jésus. (Il s'agit des 5 établissements d'orphelins de la rue du Vieux-Colombier; de la Trinité, rue Saint-Denis; du Saint-Esprit, aux Bernardins; des Orphelines ou Cent-Filles, rue Censier; et des Orphelines, cul-de-sac des Vignes.)

Deux ampliations, dont l'une avec cachet du Bureau central du canton de Paris.

15 *thermidor an III* (2 *août* 1795). — Lettre de la commission des revenus nationaux à la commission des secours publics pour réclamer la jouissance entière de la maison dite de l'Enfant-Jésus, affectée à la réunion des orphelins des deux sexes.

21 *thermidor an III* (8 *août* 1795). — Lettre de la commission des revenus nationaux à la commission des secours informant qu'elle a fait

le nécessaire pour l'exécution de l'arrêté du 23 messidor, dont une expédition a été transmise au bureau du domaine national du département.

28 *thermidor an III* (15 *août* 1795). — Lettre de la commission des secours publics au citoyen Durand, garde-magasin, pour le prévenir de mettre en état la maison en vue de sa nouvelle destination.

26 *fructidor an III* (12 *septembre* 1795). — Règlement pour l'établissement des orphelins en la maison de l'Enfant-Jésus, en exécution de l'arrêté des comités des finances et des secours publics du 23 messidor.
Règlement en 18 articles. Signé : Derniau. Règlement de police intérieure.

23 *vendémiaire an III* (14 *octobre* 1795). — Vente d'une maison de l'Enfant-Jésus à Issy, au sieur Auvray, couvreur, demeurant à Paris, 13, quai de la Tournelle, moyennant 100,300 livres (suivant procès-verbal dressé par les administrateurs du Bourg-l'Égalité (copie).

Thermidor et fructidor an III. — Lettres concernant l'évacuation du dépôt de voitures établi dans cette maison, du charbon, des foins, de la bibliothèque, en vue de l'aménagement des orphelins.

22 *vendémiaire an IV* (14 *octobre* 1795). — Lettre de Berthellier, économe de la Maison nationale des Orphelins de Paris, concernant la réparation d'un petit bâtiment à droite en rentrant, par un architecte des domaines nationaux (original, avec cachet de la maison).

24 *brumaire an IV* (15 *novembre* 1795). — Lettre du même se déclarant prêt à recevoir dans les dortoirs les orphelines des Cent-Filles, rue Censier, et celles du cul-de-sac des Vignes.

22 *vendémiaire an IV.* — Lettre du même concernant la jouissance de la buanderie et de différents locaux.

8 *nivôse an IV* (29 *décembre* 1795). — Lettre du même concernant la location du jardin de la maison au sieur Girardin.

26 *messidor an V* (14 *juillet* 1797). — Lettre du même concernant le citoyen Durand, gardien du charbon.

2 *pluviôse an IV* (22 *janvier* 1796). — Rapport concernant la location des jardins et l'indemnité accordée au sieur Girardin, locataire, à l'expiration de son bail, après estimation du citoyen Perdreau, architecte des hospices (indemnité de 16.000 livres payée par la Trésorerie nationale) (2 pièces).

8 *pluviôse an V* (27 *janvier* 1797). — Rapport de Berthellier, économe, sur la comptabilité des orphelins et orphelines et celle des mineurs et insensés.
A ce rapport sont annexées trois pièces imprimées : procurations des 13 mars 1786, 28 mars 1792 et 25 mars 1796, données par-devant Fourchy, notaire, au citoyen Berthellier, demeurant rue et barrière de Sèves, n° 1375, section de l'Ouest, le confirmant dans sa charge d'économe et receveur de la maison nationale des Orphelines (enregistré à Paris au bureau des Lombards, 22 ventôse an IV).

26 *ventôse an V* (16 *mars* 1797). — Lettre de Berthellier demandant au Bureau central de faire les démarches nécessaires en vue de l'évacuation du dépôt de charbon qui n'est pas encore terminée.

13 brumaire an VI (3 novembre 1797). — Lettre-réponse de Berthellier au citoyen Montlinot, chef de la 2ᵉ division des bureaux du ministère de l'intérieur l'informant que son établissement est prêt à recevoir cent orphelins.

18 frimaire an VI (8 décembre 1798). — Lettre de Berthellier informant de l'évacuation finale de la maison.

19 frimaire an VI (9 décembre 1798). — Lettre de transmission du Bureau central du canton de Paris aux citoyens composant la commission administrative des hospices civils des lettres du ministre et arrêtés des comités pour la réunion des différentes maisons d'orphelines de Paris à celle de la rue et barrière de Sèves.

26 thermidor an VI (13 août 1798). — Lettre de Berthellier concernant l'administration intérieure de la maison.

29 vendémiaire an VII (20 octobre 1798). — Note de Berthellier sur la tutelle, curatelle et comptabilité des orphelins, mineurs et insensés, en réponse à une délibération de la commission administrative des hospices civils de Paris du 2 vendémiaire an VII, arrêtant que le montant des pensions payées pour l'admission des insensés à l'hospice des *Petites-Maisons*, ainsi que les 150 francs fournis par les parents des orphelins et orphelines, et en général toutes sommes payées par les administrés dans les hospices, lors de leur admission, seront versées dans la caisse générale de l'administration.

25 brumaire an II (15 novembre 1793). — Extrait des registres des délibérations du Bureau des hôpitaux, du 25 brumaire an II, concernant le changement de costume des orphelins :

« Considérant que le costume bizarre adopté d'abord par la superstition et consacré ensuite par l'orgueil pour cette classe précieuse de la société qui a droit d'attendre de la munificence nationale les soins et les secours que leur auraient prodigués leurs parents si le destin n'en eût privé les uns, si les autres n'eussent été arrachés du sein de leur famille par la fatalité du malheur.....

« Arrête : le costume des orphelins et celui des élèves de la patrie sera changé... les robes des orphelins seront converties en vestes et en pantalons. »

15 messidor an II (3 juillet 1794). — Lettre de Berthellier, économe de la maison, aux administrateurs des hôpitaux. Il explique que la maison est fondée pour 120 enfants orphelins de père et de mère, 60 garçons et 60 filles, qui y sont reçus de 3 à 16 ans, avec une infirmerie de 6 lits de chaque côté. On y dispose de nouveaux locaux pour y traiter des maladies contagieuses telles que : petite vérole, scorbut, gale, teigne et humeurs froides.

23 germinal an III (12 avril 1795). — Lettre de Berthellier sur la comptabilité et sur l'infirmerie.

27 messidor an II (15 juillet 1794). — Lettre de la commission des secours publics aux officiers municipaux administrateurs des établissements publics (division des hôpitaux), sur l'emploi des 80.000 livres accordées à la maison des orphelins de Paris, en prairial dernier.

18 *janvier* 1794. — Extrait des registres des délibérations du Bureau des hôpitaux concernant les lectures religieuses en langue latine dans les hospices.

8. *Indigents des paroisses de Paris. Paroisse Sainte-Marguerite.* — Titres et renseignements concernant l'acquisition faite par les pauvres malades à Mme la duchesse de Rohan-Chabot de 3 maisons et d'une place à bâtir situées rue Saint-Bernard, faubourg Saint-Antoine (1719-1785). Contient en particulier des quittances signées : Éléonore de Bourbon-Condé, abbesse de Saint-Antoine (1724-1737).

> xviiie siècle. Papier, 28 pages. Parchemin, 4 pages. 1 plan (liasse 19 du classement de 1823). C'est le seul dossier conservé du fonds des Indigents des paroisses de Paris brûlé en 1871.

9. Arrêté du Directoire exécutif du 16 floréal an IV (5 mai 1796) concernant un plan d'organisation des *comités de bienfaisance de la Commune de Paris.*

> 1 cahier, 22 pages. Copie de l'original. Arch. nat., A Fiii 366, dossier 1666.

10. Mémoire concernant l'arrangement des *hôpitaux de la Ville de Paris* en exécution de l'arrêt du Conseil du 17 août 1777. Signé : Brunet.

> xviiie siècle. Papier, 27 pages, 0,19 × 0,25.

11. Note sur l'*assistance publique au commencement du* xixe *siècle.* Courtes notices sur chacun des établissements hospitaliers et le personnel médical.

> Traduite par Briele du livre du docteur Frank, *Voyage à Paris et à Vienne,* 1804. (Bibl. nat. Inv. G 11208.)

12. Dossier contenant l'histoire des *villes d'Haguenau et de Guebwiller* (Haut-Rhin).

> xviie-xviiie siècles. Pièces concernant la ville de Guebwiller (xve-xviie s.) Lettres patentes de Thiéry, abbé de Murbach, sur le droit accordé à la ville de Guebwiller d'établir un magasin à sel (1 parchemin avec sceau), 1436, 16 documents en allemand, 7 pièces en français, dont une ordonnance faite par l'empereur Ferdinand II pour la ville d'Haguenau le 5 juin 1624. Dans ce dossier se trouve également un mémoire concernant le dépôt général des archives du département du Haut-Rhin en 1805. Papiers provenant de M. Briele, ancien archiviste de l'administration de l'Assistance publique, auparavant du Haut-Rhin.

13. Notice historique sur l'*hôpital Sainte-Eugénie*, 110, Faubourg-Saint-Antoine, d'après des actes authentiques mis à la disposition de M. l'abbé Delaumosne, aumônier de la maison (11 novembre 1867).

> xixᵉ siècle. Papier, 66 pages, 0,25×0,20. Plan gravé par Bessat (1808). Tableau synoptique. Notice sur l'hospice des Orphelins des deux sexes du faubourg Saint-Antoine. Instruction sur la maison de ces orphelins (7 floréal an III). Différentes pièces imprimées sur les Enfants-Trouvés. (Achat.)

14. Mémoire sur le nombre annuel des *naissances d'enfants naturels dans la ville de Paris* (1818).

> xixᵉ siècle. Papier, 1 cahier 12 pages.

15. Renseignements sur le service des *enfants trouvés*. Rapport adressé au Préfet de la Seine par M. Davenne, directeur de l'administration de l'Assistance publique (22 octobre 1850).

> xixᵉ siècle. Papier, 21 pages.

16. Note sur la *Filature des Indigents* (1803-1867).— Historique de la Filature des Indigents (60 pages). Filature des Indigents (1848-1850).— Rapport au Conseil de surveillance sur la réorganisation (2 mai 1850). Imprimé, 23 pages. Signé : Davenne.— Rapport de la Commission chargée de la réorganisation du service de la Filature et de la formation d'un nouveau magasin général. Paris. Dupont, 1850, 22 pages (1).

17. Composition de la *commission administrative des hospices civils de Paris de 1791 à 1801.*— Composition du *Conseil général des hospices de 1802 à 1849.*

> xixᵉ siècle. 2 cahiers in-folio.

18. Pièces concernant la tutelle des *enfants trouvés*, et affiche d'une ordonnance de police rendue en exécution d'un arrêté du Conseil général des hospices, en date du 25 janvier 1837, concernant les enfants trouvés et abandonnés.

> xixᵉ siècle. Papier, 30 pièces.

---

(1) Voy. L. Tesson, la Filature des indigents, dans *Pr.-V. de la Comm. du Vieux-Paris*, 1906, p. 240.

19. Histoire des *hôpitaux de Paris*. Première partie du
XIXe siècle.

> XIXe siècle. 1 cahier 51 pages, 0,30×0,20.

20. Tableau du *mouvement de la population des hôpitaux et
hospices de 1805 à 1832*.

> XIXe siècle. In-folio.

21. Note concernant les *hôpitaux, les hospices*, les maisons de
retraite et les admissions dans ces mêmes établissements.

> Vers 1878.

22. Pièces concernant l'*atelier de salpêtre* de la section de la
Butte-des-Moulins. An III-an VI.

> XVIIIe siècle. Papier, 35 pièces.

23. Renseignement sur le prix du blé, les mercuriales, le *prix
du pain*. — État d'appréciation des fermages en grain des hospices,
de 1814 à 1844.

> XIXe siècle.

24. Collection du *Moniteur universel* et de pièces concernant
la discussion de la *loi sur les aliénés* 1837-1838.

25. Recueil factice concernant le *service du culte dans les
hôpitaux*, contenant notamment une ordonnance du cardinal de
Belloy, archevêque de Paris 1807, le règlement imprimé du service du culte dans les établissements hospitaliers 1854, des tarifs
de service funèbre et comptes de chapelle.

26. *Hôtel-Dieu*. — Liste de bienfaiteurs ancien régime.

> Provient des papiers de M. Brièle.

27. Note sur l'organisation des *bureaux du secrétariat des
hospices*, an V 1797, et extrait des registres de la commission
administrative des hospices, 29 prairial an VII (18 juin 1799).

28. Inventaire des *archives de l'hospice de La Rochefoucauld*
1824.

> 1 cahier in-folio.

29. Simples notes sur M. *Husson*, directeur de l'administration de l'Assistance publique.

xix* siècle.

30. Legs antérieurs à 1789. — Marie Le Camus, veuve d'Hémery (1685). — Demoiselle Gouverne (paroisse Saint-Louis-en-l'Ile, 1741). — Grizot de Bellecroix (Enfants-Trouvés du faubourg Saint-Antoine, 1761). — Gérard-Lamy (Enfants-Trouvés, 1782). — Abbé Guichon (Hôtel-Dieu, 1739). — De Lisle (Hôpital général, 1707). — Langlade (Hôpital général, 1676). — Vacherot (Hôtel-Dieu, 1755). — Fondation Forget (Hôtel-Dieu).

xvii*-xviii* siècles.

31. Mariage de M. *de Lionne*.— Extrait d'un ouvrage ayant pour titre : *Essay de recueil d'arrêts notables du Conseil souverain d'Alsace*. Colmar, Decker, 1740 (Bibl. nat., F 4739 C).

xix* siècle. Copie faite par M. Brièle.

32. Maison et *École d'accouchement* (Maternité). — Historique. — Modèle d'un diplôme en parchemin. — Instruction pour l'exécution du service journalier. Minutes de discours de distribution de prix.

xix* siècle. 35 pages.

33. Note sur le service des *secours à domicile* dans Paris. — On y a joint un extrait de la séance du Conseil général des hospices du 22 mai 1833.

xix* siècle.

34. Instructions pour les maîtres des requêtes, commissaires, députés dans les provinces (1664).

xix* siècle. 35 pages. Copie des papiers Conrart, tome XII, in-folio, page 1313 (Bibl. Arsenal).

35. *Stage hospitalier.* — Notes et circulaires diverses.

xix* siècle.

36. Notices historiques sur les *hôpitaux et hospices de Paris*.

xix* siècle. 2 cahiers. 1re partie, 145 pages ; 2e partie, 51 pages.

37. Discours du préfet de la Seine (Frochot), pour l'*installation du Conseil général des hospices* (5 ventôse an IX. 27 février 1801).

xix* siècle. 28 pages. Double.

38. Note sur la gestion du *Conseil général des hospices*. Signée : A. Husson.

xix* siècle. 1 cahier 43 pages.

39. Arrêté du Conseil général des hospices portant règlement sur la composition et l'ordre des *bureaux de l'administration des hospices* (16 fructidor an IX). Signé : Frochot.

xix* siècle. 11 pages.

40. Biographie de *Michel Brézin*, publiée par la Société Montyon et Franklin.

xix* siècle. 7 pages.

41. État de l'*Hôpital général* de Paris (vers 1748), mémoire pour l'Hôpital général de Paris (1790). — Observations sommaires sur l'Hôpital général et les maisons qui en dépendent. — Déclaration des bâtiments, des terres et héritages au terroir de Saint-Marcel, appartenant aux pauvres de l'Hôpital général de Paris (septembre 1672). Extrait des Arch. nat., S 1916.

42. Travaux faits au petit arsenal de la *Salpêtrière* (1650).

xviie siècle. Papier, 1 cahier.

43. Anciens *règlements intérieurs d'hôpitaux* (Charité, Sainte-Périne. Maison de Santé, etc.).

xix* siècle (1re moitié).

44. Notice sur la division des *aliénés* de *l'hospice de la Vieillesse-Hommes* (1843). — Curatelle des aliénés.

xix* siècle. 33 pages.

45. *Collection Minachon*. — Cette collection, formée par M. Minachon, sous-chef à la division du domaine, se compose de copies faites des pièces les plus diverses, analyses de titres, de propriétés, de fermes, de terres, dans les anciennes archives de l'Assistance publique, dont une partie a été brûlée en 1871, et

dans les divers dépôts publics Bibl. nat., Arch. nat., Arsenal, etc. .
Il s'y trouve également un assez grand nombre de plans et relevés
de terres, ainsi que des expéditions d'arrêtés du Conseil général
des hospices, de 1830 à 1849. Cette collection a été répartie en
35 dossiers. On y trouve notamment des pièces sur l'Hôtel-Dieu,
sur l'Hôpital général et les maisons annexes, Bicêtre, Enfants-
Trouvés, Pitié, Saint-Esprit, ainsi que sur divers hôpitaux, la
Charité, les Petites-Maisons, l'hospice de Saint-Merry, etc.

> xix⁺ siècle. 1,500 pièces environ.

16. Copie d'une délibération du Bureau de Ville, du
9 janvier 1790, et délibération du Bureau de l'Hôpital général,
du 22 février 1790, concernant la translation de l'hôpital du
Saint-Esprit dans la maison des Bernardins. etc.

> xviii⁺ siècle. Papier, 30 pages.

17. Extraits de délibérations du Bureau de l'Hôpital général
concernant la maison de *Scipion* 1786. — Inventaire après décès
du sieur Delattre, garçon boulanger à Scipion 1786. — Compte
des achats de blés faits par ordre de M. de Sartine, lieutenant
général de police, sous l'inspection de M. Dupéron 1764.

> xviii⁺ siècle. Papier, 25 pages.

18. Délibérations du Bureau de l'*Hôpital général* (1790-1791,
5 pièces). — Ordres des administrateurs des subsistances à l'économe de *Scipion* avec autographe de Pache, maire de Paris (1792,
30 pièces). — Note de Viel, architecte de l'Hôpital général, sur les
bâtiments de Scipion (1792). — Délibérations du Bureau des hôpitaux concernant la maison de Scipion (1792-1793, 21 pièces). —
Arrêtés et rapports de la commission des secours publics et du
ministère de l'intérieur concernant la maison de Scipion (1794-
1795, 88 pièces). — Délibérations de la commission administrative
des hospices civils concernant Scipion (an V-an X, 91 pièces .—
Inventaire et prisée des effets et ustensiles de la Boulangerie des
hospices civils de Paris (an X).

> xviii⁺-xix⁺ siècles. Pièces originales. Papier.

19. Relevé des essais faits à *Scipion* (Boulangerie centrale des
hôpitaux), en l'an 1811, sur l'introduction de la pomme de terre
dans la fabrication du pain. — Service des halles et marchés. —

Approvisionnement de la réserve en 1814-1815. — Recettes et dépenses 1819-1826.

XIXe siècle.

50. Observations à M. le Préfet de la Seine sur les *pharmacies des bureaux de charité*. — Plainte des pharmaciens contre les pharmacies tenues par les sœurs et la distribution gratuite des secours 1830-1831.

XIXe siècle. 18 pièces impr. et mss.

51. *Fondation du Raynier de Doré*, baronne du Thour (1641). — Extrait des registres du Parlement du 27 juillet 1715, 3 pièces (copie des originaux brûlés en 1871. — Donation (8 novembre 1641) et conventions relatives à la donation (11 novembre 1641).— Pièces concernant la baronnie du Thour (Ardennes). — Pièces concernant l'exécution de la donation (xviiie siècle). — Baronnie du Thour, fermages, réclamations (époque révolutionnaire). — Dots payées aux enfants des communes du Thour et de Banogne-Recouvrance.

XVIIIe-XIXe siècles.

52. *Incurables*. — Fondation d'un lit par Nicolas-François Parisot de Saint-Laurent (1681) par l'intermédiaire de J. Boucher, curé de Saint-Nicolas-du-Chardonnet.

XVIIIe siècle. Papier, 3 pièces. Parchemin, 1 pièce.

Fondation de 2 lits par le cardinal Mazarin (11 avril 1661).

Copie moderne.

53. *Hôtel-Dieu*. — Quittances de rachat de rentes (1679), 75 pièces. Papier. — Rentes viagères (1679), 104 pièces. Papier. — Fondations de messes et obits ; pièces justificatives de dépenses (1679).

XVIIe siècle. Papier. 335 pièces.

54. *Hôtel-Dieu*. — Extraits du règlement établi par le doyen et le Chapitre de l'Église de Paris (Notre-Dame) pour le gouvernement des frères et des sœurs.

XIVe siècle. Parchemin. (Achat. 1907.)

Donation Marie Tardy (8 juillet 1672 .

> xviii° siècle. Parchemin, 1 pièce.

Donation Pierre Touillon 1680 .

> xviii° siècle. Papier, 1 pièce.

Pièce concernant une maison appartenant à l'Hôtel-Dieu, rue du Pied-de-Bœuf 18 janvier 1577 .

> xvi° siècle. Parchemin, 1 pièce.

55. *Hôtel-Dieu*. — Pièces diverses : fondations de lits, gages des offi iers (quartier d'avri! 1788 . — Souscription de 1787 3° et 4° listes). — Liste d'administrateurs, partage des emplois ,impr. 1675-1718 . — Pièces relatives aux diverses contestations entre l'Hôtel-Dieu et les sieurs Dedouvre, fermiers des terres et dépendances de l'hôpital Sainte-Anne.

> xviii° siècle. Papier.

56. *Hôtel-Dieu*. — Extraits divers d'historiens concernant cet hôpital.

> xix° siècle. Copies par M. Brièle.

57. *Incurables*. — Lits de fondation.

> xix° siècle.

58. Documents sur le fonctionnement du service du *droit des pauvres* réunis par Louis *Leguay* 1 .

> On remarque notamment :
>
> 1° Table analytique des lois, décrets, ordonnances, décisions ministérielles, arrêtés du préfet de la Seine et du Conseil général des hospices de Paris, relatifs à la perception du droit des indigents ;
>
> 2° Lois, décrets, ordonnances, arrêtés, minutes et originaux, 27 pièces imprimées et manuscrites ;
>
> 3° Un dossier concernant l'historique des théâtres de 1789 à 1790.
>
> 4° Des tableaux synoptiques sur le produit du droit de 1807 à 1826.
>
> 5° Précis historique se composant de : résumé des dispositions relatives à la perception du droit ; note sur les moyens de réprimer les infractions à la loi qui a établi la taxe des pauvres sur les spectacles

---

(1) Louis Leguay était employé à la Caisse des hospices et chargé de la tenue des livres du contrôle spécial de la régie du droit des indigents.

et autres lieux de divertissement ; note sur les divers théâtres soumis
au droit ;

6° Minimum et maximum des recettes journalières des théâtres de
Paris et autres établissements, pendant les années 1810, 1822 et 1823.

Tableaux synoptiques sur l'histoire des théâtres :

Cahier des charges pour la régie des droits sur les spectacles (1807)

Remontrance au roy et à nosseigneurs de son Conseil pour l'abroga-
tion de la confrérie de la Passion en faveur de la troupe royale des
Comédiens (1631). Copie. xix* siècle.

59. — État des terrains et maisons appartenant au *Grand Hospice d'humanité* (Hôtel-Dieu) loués par baux à vie et emphytéo-
tiques (période révolutionnaire). — État des domaines nationaux
concédés à l'Hôtel-Dieu et à l'Hôpital général par le décret du
9 septembre 1807 (manuscrit). — Consultation pour l'administration des hospices civils contre la régie des domaines par Latruffe-
Montmelyan ; Paris, Huzard (1834).

> xix* siècle. 23 pages.

60. *Hôpital de la Charité.* — Fondation de G.-P. Rolland,
Président au Parlement, au profit des convalescents de l'hôpital de
la Charité (31 juillet 1723).

> xviii° siècle. Parchemin, 1 pièce. (Don des archives de la Meuse.

61. *Grand Bureau des pauvres et Petites-Maisons* (période révolutionnaire). On remarque notamment : régime et règlements de
l'hospice des Petites-Maisons ; état des revenus de cet hospice ; note
sur le Grand Bureau : reçus de commissaires des pauvres, etc.

> xviii* siècle. 80 pièces.

62. *Administration des hôpitaux pendant la Révolution.* —
Séances de la commission des hôpitaux et du bureau des hôpitaux
du Directoire de Paris (1791-1793), 53 pièces. Papier. xviii° siècle,
110 pièces — de la commission des secours publics et commission
des hospices (1793-1802). 60 pièces — du Conseil général des hospices (1802). 8 pièces.

63. Pièces concernant la maison du Petit-Cerf (rue Saint-
Honoré, legs Dallée) et les maisons du Beau-Soleil et du Nom de
Jésus (1631-1658).

> xvii* siècle. Papier. 2 pièces. Parchemin, 1 pièce (1631).

64. Extraits d'un livre in-4°. sans nom d'auteur et sans date,

intitulé : *Des dépenses appelées locales du département de la Seine
et de la commune de Paris et des moyens de les acquitter* (période
révolutionnaire).

xviii° siècle, 9 pages.

65. Liste des architectes de l'*Hôpital général* sous l'ancien
régime.— Rapport du 20 mars 1821.

xviii° siècle. Papier, 11 pages.

66. Description des bâtiments et terres du prieuré de Saint-
Jean-du-Grais, près Azay-sur-Cher, district de Tours (27 décembre 1790, 20 pages).— Déclaration des biens et revenus du chapitre
et église royale de Saint-Même de Chinon (1790).

xviii° siècle. Papier, 1 pièce.

67. *Mont-de-Piété.* — Extrait des délibérations de l'Hôpital
général du 15 décembre 1788.— Élévation des bâtiments, par
J.-B. Viel, architecte de l'Hôpital général.

xix° siècle. Diverses pièces impr. (1803-1807).

68. Arrêts et rapports imprimés concernant l'*hospice des
Quinze-Vingts*.

xviii°-xix° siècles.

69. Extraits et résumés d'un ouvrage de *Chaptal*, ancien
ministre de l'intérieur, sur l'industrie française.

xix° siècle.

70. *Entreprise des hôpitaux* (an VII). Cahier des charges (an X).

xix° siècle. 3 pièces impr.

71. Loi concernant l'organisation des *Écoles de pharmacie*
(21 germinal an XI). — Pharmacies à l'usage des dépôts de
mendicité.

xix° siècle. 3 pièces impr.

72. Mémoire pour les *religieuses hospitalières de l'Hôtel-Dieu*
contre les administrateurs (1791).— Adresse à l'Assemblée nationale
des religieuses hospitalières de l'Hôtel-Dieu (1791).—Décret impé-

rial relatif aux congrégations des maisons hospitalières de femmes
(18 février 1809).

xviii° siècle. 3 pièces impr.

73. Décrets et arrêtés concernant les *biens des hospices*
1790-1806;.

xviii° siècle. 44 pièces impr.

74. Arrêts du Conseil d'État et lettres patentes concernant
l'administration des hôpitaux.

xviii° siècle. 36 pièces impr.

75. Souscription volontaire ouverte par le préfet de police
pour l'extinction de la mendicité dans le département de la Seine
(1829-1830).

Ces libéralités étaient destinées à entretenir la *Maison de refuge* créée
en 1829 par M. de Belleyme, préfet de police, et Cochin, maire du
XII° arrondissement, dans les locaux de l'ancienne abbaye des Corde-
lières de Lourcine ; cet établissement qui dura 3 ans fut remplacé en
1832 par un asile pour les orphelins du choléra, puis fut acheté en
1834 par le Conseil général des hospices, qui en fit *l'hôpital de Lourcine*, ouvert en 1836.

xix° siècle. Papier. 53 pièces.

76. Pièces concernant les sœurs augustines de Barfleur (Manche).

xviii° siècle. Pièces en mauvais état.

77. Recueil des tableaux composant le tableau synoptique du
service général des hôpitaux et hospices civils de Paris.

An XII à 1844. 2 cahiers in-folio.

78. Rapport fait par le citoyen *Duchanoy* sur les *admissions
dans les hôpitaux* et sur l'établissement d'un traitement externe
(1812).

xix° siècle. 1 cahier, 9 folios.

79. *Hôpital Sainte-Catherine.* — Manuscrit de l'ouvrage de
M. Brièle, avec copie des documents contenus dans le registre
1243 de la collection Joly de Fleury à la Bibliothèque nationale,
et de l'Inventaire des chartes (1702).

On y a joint : Bail de portion d'une maison rue des Gravilliers,

propriété de l'hôpital Sainte-Catherine, au sieur Buot 7 février 1788 ,
et la réponse de l'abbé Rossignol, administrateur de l'hôpital Sainte-
Catherine au questionnaire du ministre de l'intérieur (24 juillet
an II).

xviiie siècle.

80. *Hôpital des Cent-Filles* ou de la *Miséricorde*, rue Censier,
faubourg Saint-Marcel. — Notice. Baux de rente.

xviiie siècle.

81. *Hôpitaux divers.* — Courtes notices datant de la période
révolutionnaire : hospice de la paroisse Saint-Sulpice ; Maison
royale de Santé ; Saint-Jacques-aux-Pèlerins ; maison de santé
pour les malades protestants rue de Sèves, près la barrière ; Val-
de-Grâce ; hospice du Saint-Nom-de-Jésus ; Orphelines du Saint-
Nom-de-Jésus ; Orphelines de la Mère-Dieu ; Récollets ; hôpital
des Vénériens ; Incurables ; hôpital Saint-Louis ; hôpital Saint-
Jacques-du-Haut-Pas ; hôpital Sainte-Anne ; hôpital Saint-Anastase
et Saint-Gervais ; hospice du Collège royal de chirurgie ; hospice
Leprince.

xviiie siècle.

82. Pièces concernant la gestion de M. *Maison, secrétaire
général des hospices* (1801-1822). — Dossier concernant « la régie
nationale des poudres et salpêtres » sous la Révolution dont
Maison avait été nommé instructeur pour le département de Seine-
et-Oise, par Chaptal, alors directeur général des poudres et
salpêtres.

83. Lettres du *duc de La Rochefoucauld-Liancourt* à M. Péligot, membre du Conseil général des hospices (1818-1826). — Don
de M. Péligot, petit-fils de ce dernier.

Papier, 134 pièces.

84. Pièces concernant la gestion du citoyen *Thierry*, docteur
en médecine, *directeur de l'administration de l'Assistance publique* (1848-1849) (1). — Rapports de MM. de Melun, Dufaure,

---

(1) Sur Thierry, voy. Dr P. Delaunay, les Thierry-Valdajou, dans *Bull. Soc. hist. de
la méd.*, 1912.

A. Coquerel, sur le projet de la loi sur les hôpitaux et hospices (1849).

85. Dossiers concernant divers *médecins des hôpitaux: Pelletan de Kinkelin*, médecin à Bicêtre (1851) ; *Béraud*, chirurgien à la Maternité (1861 ; *Dolbeau*, chirurgien à Beaujon (1872).

86. Notes diverses laissées par M. *Imard*, ancien inspecteur de l'administration de l'Assistance publique (quelques pièces de l'époque révolutionnaire).

87. Création d'une *inspection permanente.* — Attribution des inspecteurs de l'administration (1847).

> 1 cahier in-folio.

88. Dossier sur le *Bureau central des hôpitaux*, créé en 1801.

> Pièces réunies au moment de la suppression (1878.

89. Décret impérial du 1er jour complémentaire an XIII, portant règlement concernant les *biens donnés aux hospices ;* en remplacement des biens aliénés (copie délivrée par les Arch. nat. en 1877).

90. *Cimetières des hôpitaux.* — Le cimetière Sainte-Catherine et l'Amphithéâtre des hôpitaux ; le cimetière spécial des hôpitaux à Ivry : projets divers et plans.

> XIXe siècle.

91. Société des *élèves* (internes) *de l'Hôtel-Dieu*, 2e année 1822-1823.— Règlement, avec signatures autographes.

> XIXe siècle. 6 pages.

92. *Hospice de Vaugirard* ou *des enfants gâtés :* 11 registres.

> Établissement fondé en 1780 par le lieutenant général de police Lenoir et placé sous la direction du Bureau de l'Hôpital général (Arch. nat., F15 2415).

1re liasse. — 3 registres des entrées des femmes grosses et et nourrices du 10 août 1780 au 30 novembre 1790 ;

2e liasse. — 3 registres des entrées des enfants du 10 août 1780 au 28 octobre 1789 ;

3ᵉ liasse. — 3 registres des morts du 19 août 1780 au 31 août 1791.

4ᵉ liasse. — 1 registre des enfants sortis de l'hospice étant guéris et sevrés, rendus à leur mère avec l'adresse des endroits où ils sont placés en sevrage à la campagne de 1782 à l'an III.

5ᵉ liasse. — 1 registre des naissances du 26 juin 1783 au 28 septembre 1785.

XVIIIᵉ siècle. 11 registres.

93. Maison de retraite de *Sainte-Périne :* 4 registres.

1ʳᵉ liasse. — 1 registre d'admission à la retraite assurée à la vieillesse du 10 pluviôse an IX au 5 mai 1807.

2ᵉ liasse. — 1 registre de l'organisation de l'institution Sainte-Périne (1807); admissions du 29 janvier 1808 au 26 août 1817 ;

3ᵉ liasse. — 2 registres du mouvement de la population de 1801 à 1859.

Registres versés en 1908. La suite de cette collection est conservée dans l'établissement.

94. *Bureau de bienfaisance du 3ᵉ arrondissement* (ancien) : 30 registres.

1ʳᵉ liasse. — 2 registres des procès-verbaux de la section du Contrat social du 7 thermidor an IV au 4 juin 1817.

2ᵉ liasse. — 2 registres des procès-verbaux de la section Brutus du 1ᵉʳ septembre an II au 11 germinal an IV, du 2 messidor an VI au 18 germinal an XI.

3ᵒ liasse. — 3 registres des procès-verbaux des séances du bureau de bienfaisance de la division Poissonnière du 12 septembre an II au 26 décembre 1814.

4ᵉ liasse. — 1 registre des dépenses du bureau de bienfaisance de la division Poissonnière du 16 messidor an IX au 30 juin 1811.

5ᵉ liasse. — 3 registres des procès-verbaux des séances du bureau de charité du 9 octobre 1816 au 8 avril 1831.

6ᵉ liasse. — 19 registres des procès-verbaux du bureau de bienfaisance du 22 avril 1831 au 20 octobre 1898.

95. *Bureau de bienfaisance du 8ᵉ arrondissement* (ancien) : 16 registres.

1re liasse. — Registres des procès-verbaux des délibérations du comité de bienfaisance de la section de l'Indivisibilité, années 1793 à l'an IV. 2 registres.

2e liasse. — Registres des procès-verbaux des délibérations du comité de bienfaisance de la section des Quinze-Vingts, années 1791 à 1813. 4 registres.

3e liasse. — Registre pour servir aux comptes du trésorier de la commission de secours de la paroisse Sainte-Marguerite, pages cotées et parafées par le secrétaire et signées par lui ainsi que par le président conformément à l'arrêté de la commission du 28 octobre 1791, années 1791 à 1815.

4e liasse. — Registre des procès-verbaux de la commission municipale créée par l'ordonnance du roi en date du 25 août 1831 et chargée de la tutelle des orphelins de juillet 1830, parafé par le maire du 8e arrondissement, année 1831.

5e liasse. — Registre des séances du comité central de bienfaisance du 8e arrondissement, du 5 septembre 1811 au 20 juin 1817.

6e liasse. — Registres des délibérations de l'administration du bureau de charité du 8e arrondissement du 9 octobre 1816 au 28 octobre 1831. 5 registres.

7e liasse. — Registres des procès-verbaux des délibérations du bureau de bienfaisance du 8e arrondissement du 4 novembre 1831 au 4 mars 1836. 2 registres.

96. *Bureau de bienfaisance du 12e arrondissement (ancien)*: 28 registres.

1re liasse. — Registres des séances du bureau de bienfaisance de la division du Finistère du 7 septembre 1793 au 4 juin 1795, du 4 janvier 1810 au 20 juin 1816. 2 registres.

2e liasse. — Registres des délibérations du comité de bienfaisance de la section du Panthéon français du 1er janvier 1795 au 5 septembre 1800, du 2 avril 1806 au 19 octobre 1714. 4 registres.

3e liasse. — Registre des délibérations du comité de bienfaisance de la section de l'Observatoire du 20 avril 1797 au 9 mai 1816.

4e liasse. — Registres des délibérations du comité de bienfaisance de la section des Plantes du 23 mars 1803 au 28 mai 1817. 2 registres.

5e liasse. — Registre des délibérations de la commission de

secours extraordinaires formée en exécution des instructions de
M. le Conseiller d'État. Préfet de la Seine, du 29 novembre 1815
au 1er août 1817.

6e liasse. — Registres des délibérations du bureau de charité du
12e arrondissement du 4 octobre 1816 au 7 octobre 1831. 10 registres.

7e liasse. — Registres des délibérations du bureau de bienfaisance du 12e arrondissement du 8 octobre 1831 au 28 décembre 1849. 6 registres.

8e liasse. — Registres des procès-verbaux de la sous-commission
pour le patronage des apprentis (garçons) assistés par le bureau de
bienfaisance du 12e arrondissement du 21 juillet 1852 au 11 juillet 1870. 2 registres.

97. *Bureau de bienfaisance du 11e arrondissement ancien :*
1 registre.

Registre des procès-verbaux des délibérations du comité de bienfaisance de la section Marat, puis Théâtre-Français, de l'an III à
l'an V (ce registre contient la liquidation de l'hôpital de la paroisse
Saint-André-des-Arts).

98. *Grand Bureau des pauvres :* 5 registres.

Registres d'admissions au Grand Bureau des pauvres. 4 registres. Années 1706 à 1791.
Registre d'admissions à l'hospice des Petites-Maisons de 1718
à 1763.

Versement de l'hospice des Ménages.

99. *Bureau de bienfaisance de Grenelle :* 1 registre.

Registre des délibérations du bureau de bienfaisance de Grenelle. Années 1847 à 1859.

100. *Bureaux de charité :* 1 registre.

Registre relevé des diverses présentations et nominations faites
pour la formation et le renouvellement successif des administrateurs
des bureaux de charité depuis la nouvelle organisation de 1816.
Années 1816 à 1831.

101. *Fondation Montyon :* 10 registres.

Registres de répartition des secours de la fondation Montyon. 7 registres. Années 1825 à 1832.

Livres de détail des crédits de la fondation Montyon. 3 registres.

102. *Registre du contrôle des ordonnances des hospices civils de Paris :* 1 registre.

103. *Hospices de Paris.*— Bureau des admissions. Registre de correspondance. An V-an IX.

104. *Hôtel-Dieu :* 3 registres.

2 registres. Années 1815 et 1816.— Registre des entrées du 22 juin 1815 au 3 juin 1816.— Registre des sorties du 23 juin 1815 au 6 juin 1816 (ces deux registres renferment les noms et armes des militaires français et étrangers blessés pendant la campagne de 1815 .

1 registre. Années 1818 à 1821.— Registre compte ouvert pour les sapeurs-pompiers et les gendarmes.

105. *Hôpital général :* 44 registres.

1re liasse. — Registres concernant les achats de différentes provisions faites pour l'Hôpital général par M. Le Trolieur, économe dudit hôpital. Années 1710-1712, 1716-1717, 1718-1721. 3 registres.

2e liasse. — Registre pour servir à la distribution par semaine de la viande aux maisons : Pitié, Salpêtrière, Bicêtre, Sainte-Marthe, Saint-Esprit, le Refuge de Sainte-Pélagie, Enfants-Rouges, Enfants-Trouvés de la Couche, Enfants-Trouvés du faubourg Saint-Antoine ce registre porte la population de ces différentes maisons . Années 1718 à 1721.

3e liasse. — Registre de comptes ouverts pour les adjudications de cuirs, tripes, viandes, farines, etc. Années 1741 à 1793.

4e liasse. — Registre des comptes généraux de la dépense en pain, farine, vin et viande livrés aux différentes maisons de l'Hôpital général. Années 1779 et 1780.

5e liasse. — Registre-journal pour servir à M. de Ponthieu, receveur charitable, à l'effet d'y enregistrer jour par jour de suite et sans aucun blanc toutes les recettes et dépenses qu'il fera en sa qualité de receveur charitable. Années 1780, 1782, 1783, 1784, 1787. 5 registres.

6e liasse.— Registre de rentes viagères en faveur de l'Hôpital général ou des maisons s'y rattachant. — Registre des rentes perpétuelles en faveur de l'Hôpital général ou des maisons s'y rattachant. 2 registres, xviiie siècle.

7e liasse. — Journal de recette et de dépense en argent de l'économat de Scipion. Années 1768-1770. 1781-1783, 1783-1785, 1785-1788, 1788-1792. 5 registres.

8e liasse. — Journal de recette et de dépense de la maison de Scipion. Années 1733 à 1738.

9e liasse. — Journal concernant les achats de blés et la recette et la dépense en blé, farine, issues, braises, pain, chair, vin, paille, foin, avoine, etc., faits par la maison de Scipion. Années 1752-1758, 1759-1765. 2 registres.

10e liasse. — Journal des achats et payements de blés, seigles, farines, pois, fèves, lentilles, vin, foin, etc., faits par la maison de Scipion. Années 1784-1786, 1787-1791, 1791-1792. 3 registres.

11e liasse. — Registre destiné à porter jour par jour la recette et la dépense en vivres de la maison de Scipion. 1 registre.

12e liasse. — Registre pour servir à l'enregistrement journalier de toutes les denrées qui sortiront de la maison de Scipion. Années 1737 à 1739.

13e liasse. — Comptes ouverts de différentes natures de marchandises payées par le sieur économe de Scipion. 1 registre. Années 1790 et 1791.

14e liasse. — Registres destinés à enregistrer la recette et la dépense en argent, provenant des ordonnances expédiées au nom du sieur économe de la maison de Scipion, et à lui payées par la Caisse générale. Années 1783-1789, 1790-1793. 2 registres.

15e liasse. — Registre du poids des farines reçues, avec celui des blés délivrés aux meuniers. Année 1727.

16e liasse. — Registres destinés à porter par quartier les appointements et gages des officiers, employés, ouvriers et gens de service occupés à la régie et manutention des vivres de l'Hôpital général en la maison de Sainte-Marthe de Scipion. Années 1747-1758, 1758-1777, 1777-an II, an II-an VIII. 4 registres.

17e liasse. — Registres destinés à contenir de semaine en semaine les besoins de la maison de Scipion. Années 1784-1791, 1791-an V. 4 registres.

Registre destiné à porter les divers besoins concernant les bâtiments de la maison de Scipion. Années 1778-an IX.

Registre pour inscrire la menue dépense journalière de la maison de Scipion. Années 1785-an VIII.

18ᵉ liasse. — Registres servant à tenir copie des lettres de M. Cochin, administrateur de l'Hôpital général, commissaire en la maison de Scipion et autres administrations ou de leur ordre à divers commissionnaires pour achats de blés. Années 1786 à 1789. 5 registres.

Registre de correspondance de la maison de Scipion. 1780 à 1790.

19ᵉ liasse. — Registre pour servir à l'état particulier de bois à brûler, entré et consommé dans la maison de Scipion. Années 1776 à l'an VIII.

106. *Papiers de J.-P. Rossignol*, helléniste, membre de l'Institut.

Né le 27 janvier 1803 à Sarlat, mort le 29 juin 1893 à Paris, Rossignol fut professeur de littérature grecque au Collège de France, suppléant de Boissonade depuis 1845, titulaire en 1855, et membre de l'Académie des inscriptions, en 1853, à la mort de Burnouf.

> XIXᵉ siècle. 4 cartons.
>
> Ces manuscrits, entrés aux archives de l'administration en 1905, se composent :
>
> 1° De la *correspondance* de Rossignol avec la plupart des savants et universitaires de son époque, soit 552 lettres, en particulier de Burnouf, Sainte-Beuve, Barthélemy Saint-Hilaire, duc de Luynes, Buloz, Quicherat, Villemain, Saint-Marc Girardin, Nisard, Falloux, Boissier, Gréard, Boissonade, Patin, R. Rochette, Le Bas, Waddington, Quatremère, Ad. Régnier, Od. Barot, Jules Girard, C. Jourdain, Heuzey, P. Paris, V. Le Clerc, C. Lévêque, J. de Saint-Victor, Walkenaër, Ch. Daremberg, Fr. Michel, Letronne, Éd. Le Blant, L. Delisle, de Cumont, Planche, Labitte, de Mas Latrie, Naudet, L. Feugère, E. Laboulaye, A. de Longpérier, Ad. Monod, Dureau de La Malle, H. Berger, Ch. Louandre, etc.
>
> 2° Des minutes de ses *cours* et leçons d'ouverture, dont la plupart sont inédites ; d'un grand ouvrage manuscrit intitulé : *les Origines de la civilisation et de l'art* ; de notes classées par ordre alphabétique sur des questions de linguistique et de traduction grecques.

107. *Dossiers de Mariette, agent de la Caisse d'amortissement* (1800-1819).

> 17 cartons, 2 registres.

Mariette, avocat, receveur des domaines et conservateur des hypothèques à Valognes, mit à profit les dispositions de la loi du 10 janvier 1800 accordant au gouvernement toutes les rentes nationales sur particuliers, foncières ou constituées, pour rechercher, en dehors des rentes connues et servies, les rentes nationales provenant de l'ancien clergé et de l'ancien domaine royal : il découvrit ainsi pour 3.608.750 francs de rentes perceptibles. En 1802, il fonda, sous le nom de *Compagnie Dumarest*, une Société pour l'exploitation de ses découvertes. Le 21 nivôse an XIII (11 janvier 1805), il conclut avec la *Caisse d'amortissement* et le ministre des finances un traité par lequel cette Compagnie avait la recette des arrérages et la négociation des capitaux de toutes les rentes nationales qui n'avaient pas été payées à l'administration des domaines. Mais, à la suite de conflits avec la Caisse d'amortissement et l'administration des domaines, il proposa son travail aux hospices de Paris, aptes à en bénéficier en vertu de la loi du 4 ventôse an IX et de l'arrêté du 7 messidor suivant. Le 22 mai 1810, il remit à Fesquet, administrateur du domaine des hospices, une lettre offrant à l'administration hospitalière des biens, redevances, rentes, emphytéoses et créances de la nature de ceux attribués aux hospices, valant en capital 1 million et situés dans 16 *départements*, moyennant l'abandon à son profit d'une partie des biens et droits révélés. Le Conseil général des hospices accepta l'offre et cette acceptation fut autorisée par décret du 22 novembre 1810. Les dossiers de Mariette, déposés dans une malle, furent ouverts : ce sont ceux qui nous ont été conservés et qui forment actuellement 17 cartons dont nous donnons l'inventaire sommaire. L'administration des hospices soutenue par Chabrol, préfet de la Seine, dut lutter contre la Caisse d'amortissement pour le recouvrement de ces rentes, et finit par obtenir l'arrêté préfectoral du 16 juillet 1819 lui permettant de poursuivre les détenteurs et débiteurs. Les sommes recouvrées furent déposées, conformément à l'article 2 du décret du 22 novembre 1810, dans la caisse du Mont-de-Piété. Ces revendications se prolongèrent jusque sous la monarchie de Juillet. Les recouvrements opérés furent considérables, malgré les échecs de quelques procès provenant de ce que les rentes réclamées furent déclarées définitivement éteintes, comme étant féodales et censuelles, d'après le décret du 4 août 1789.

Les principaux documents sont les suivants :

Seine. — Les rôles des contraintes décernées par le directeur des domaines à Paris, sur la demande de Mariette, contre les débiteurs de rentes attribuées à la Caisse d'amortissement comprennent deux listes, datées du 7 mars 1806 et 28 février 1806. Le 1ᵉʳ rôle comprend 921 articles et forme 1 registre (58 feuillets, 0,30 × 0,20), avec les cotes des cartons des archives où l'indication des rentes a été retrouvée ; le 2ᵉ rôle, 48 articles : ces débiteurs étaient tenus d'acquitter les arrérages échus et exigibles de droits, les droits d'inscription aux hypothèques, enfin de passer un « titre nouvel » conformément à la loi.

On relève sur ces rôles des débiteurs les établissements suivants qui ont en outre chacun leur dossier :

Les Petits Pères de la place des Victoires ; les Théatins ; la communauté de Saint-Nicolas-du-Chardonnet, rue Saint-Victor ; la chapelle Saint-Jean-Baptiste à Saint-Gervais ; la Visitation de la Vierge de Paris, dite de l'Officialité de Paris et église Sainte-Marie ; les Chanoinesses de Picpus ; les Religieuses de Sainte-Marguerite ; l'abbaye de Panthémont ; les Religieuses de la Madelaine, rue des Fontaines, près du Temple ; les Hospitalières de la rue Mouffetard ; les Barnabites ; la Visitation de Chaillot ; les Ursulines de la rue Sainte-Avoye ; les Chanoines de Saint-Aignan ; la chapellenie de Saint-Pierre et Saint-Paul ; le prieuré Saint-Louis, Culture-Sainte-Catherine ; les Cordeliers ; le Chapitre Saint-Marcel ; les Religieuses sécularisées de Sainte-Croix-de-la-Bretonnerie ; les Chanoines du Saint-Sépulcre ; le séminaire de Saint-Louis, place Saint-Michel ; les Carmes de la place Maubert ; le séminaire Saint-Sulpice ; le prieuré de Saint-Martin-des-Champs ; les Bernardins ; l'abbaye de Saint-Martin-des-Champs ; l'Archevêché ; la Sainte-Chapelle ; le Chapitre Saint-Louis et Saint-Thomas du Louvre ; les Dominicains de la rue Saint-Jacques ; les Religieuses de l'Ave-Maria ; la chapelle Sainte-Anne, à l'église Saint-Merry ; la prébende de Saint-Benoît ; les Chanoines de Saint-Benoît ; les Cordeliers de Saint-Marcel ; les Religieuses de l'Ave-Maria, à Saint-Paul ; le Chapitre Saint-Étienne-des-Grés ; le séminaire Saint-Magloire ; le Grand Baillage de la Morée, dit Saint-Jean-de-Latran ; les Bénédictins de Saint-Denis de La Châtre ; l'abbaye de Saint-Germain-des-Prés ; le Chapitre Saint-Honoré ; le Chapitre Saint-Merry ; la chapelle Sainte-Marguerite ; la chapelle Saint-Jean de Fleimigny ; la chapelle Notre-Dame de Reilhac à Saint-Médard ; la confrérie de Saint-Augustin ; l'abbaye de Sainte-Perrine, à Chaillot ; la congrégation de la Merci ; la chapelle Saint-Julien du Mans ; la chapelle Saint-Denis ; la chapelle du Saint-Esprit ; la chapelle de Saint-Nicolas ; la chapelle Sainte-Croix ; la chapelle Saint-Jean l'Évangéliste ; les Célestins sécularisés ; les Chartreux ; les Grands Augustins ; les Religieuses de l'Immaculée-Conception, rue de Charonne ; les Religieuses de la Miséricorde ; les Religieuses de Saint-Gervais ; les Religieuses de l'Assomption ; les Carmes Billettes ; le Chapitre Sainte-Opportune ; les Bénédictins du Bon-Secours, rue de Charonne ; les Miramiones ; l'abbaye du Port-Royal ; les Religieuses de Sainte-Anne ; les Filles Saint-Joseph de la rue Saint-Dominique ; les Religieuses de la Ville-l'Évêque ; les Mathurins ; les Filles-Dieu ; Saint-Lazare ; les Blancs-Manteaux ; les Lazaristes ; les Religieux de l'Oratoire ; le séminaire des Bons-Enfants ; les Religieuses anglaises ; l'abbaye de Longchamps ; les Oratoriens Saint-Jacques ; les Camaldules de Grosbois ; l'abbaye Saint-Antoine ; les Feuillants du Plessis-Picquet ; Saint-Paul de l'Estrée ; les Minimes de Passy ; la Sorbonne ; l'abbaye de Sainte-Geneviève ; l'abbaye de Saint-Denis ; l'abbaye de Montmartre, les Carmélites du faubourg Saint-Jacques ; l'archevêché de Reims ; l'archevêché de Lyon ; le Domaine du Roi.

État des extraits de déclarations du clergé demandées aux archives de la Préfecture de la Seine par la Caisse d'amortissement.

Déclaration des revenus du citoyen Armand-Louis-François-Edme-Béthune-Charost et de Maximilienne-Henriette-Béthune-Sully, sa femme.

demeurant rue du Pot-de-Fer, section de Mucius Scevola, pour satisfaire à la loi du 7 septembre 1793 sur l'emprunt forcé.

Sommiers de poursuites [1].

Maine-et-Loire. — Pièces concernant la forêt domaniale de Beaufort, l'abbaye de Noyers, l'abbaye de Beaumont-lès-Tours, les Minimes de Saint-François de Chinon.

Manche. — État des domaines nationaux de différents cantons ; extraits des titres de rente dus à la ci-devant communauté des religieuses de Valognes ; sommier du domaine de Valognes ; inventaire des titres et papiers du ci-devant domaine de Carentan ; mémoire et observations concernant l'asséchement des bas-fonds de la ville de Carentan et de ses environs avec les moyens les plus propres pour faciliter et augmenter la navigation, l'agriculture et le commerce, 30 juin 1774, par Claude Queudeville, architecte et arpenteur des eaux et forêts au département de Caen ; domaine de Saint-Vaast-la-Hougue et caisse d'amortissement ; agences de Valognes, Granville, Cherbourg ; marquisat de Flamanville ; domaine de Saint-Sauveur-le-Vicomte ; landes de Barneville et de Saint-Pierre d'Arthéglise.

Seine-Inférieure. — État des biens et domaines nationaux situés dans le district de Rouen : dames de l'Adoration du Saint-Sacrement ; abbaye de Saint-Amand ; Annonciades ; Bellefonds ; Carmélites ; Emmurées ; Filles-Dieu ; dames de Saint-Louis ; Nouvelles-Catholiques ; Ursulines ; Visitation ; dames de Saint-François à Rouen ; dames de Fontaine-Guérard ; abbayes de Montivilliers, de Boudeville, du Bec-Hellouin, de Jumièges, de Saint-Wandrille ; archevêché et chapitre de Rouen : prieuré, chapelles et cures ; Grands Augustins ; Bénédictins de Saint-Ouen ; Carmes ; Dominicains ; Feuillants ; Mathurins ; Minimes ; Oratoriens ; Pénitents ; Récollets, à Rouen ; prieuré de Saint-Lô ; Capucins de Sotteville-lès-Rouen ; Chartreux de Saint-Julien de Rouen ; Mont-aux-Malades ; abbaye de l'Ile-Dieu ; prieuré de Beaulieu ; abbaye de Saint-Georges de Boscherville ; abbaye de Fécamp ; prieuré de Bonnes-Nouvelles, près Rouen ; prieuré de l'Hôtel-Dieu de Rouen ; abbayes de Valmont et d'Ouville-en-Caux, d'Aumale, de Foucarmont et de Beaubec.

États divers de rentes seigneuriales et foncières appartenant à ces communautés.

Rentes abandonnées aux hospices civils de Rouen.

Commanderie de Saint-Vaubourg.

État nominatif des rentes foncières et constituées perçues dans l'arrondissement du bureau de Rouen.

District de Dieppe : abbayes de Longueville, d'Arques, Chanoines de Charles-Mesnil, Oratoriens, Minimes, Carmélites, Ursulines de Dieppe ; Visitation du Polet ; Religionnaires fugitifs ; adjudications de leurs biens de 1771 à 1781.

Le Havre, Yvetot, Arques, Aumale.

---

[1] Un complément de ces dossiers se trouve aux Archives de la Seine, Fonds des domaines, 84 832, 514 à 89 et 6401.

Séminaire Saint-Vivier de Rouen, Ursulines d'Elbeuf, Collège de Rouen.

Calvados.— Rentes foncières et seigneuriales des établissements suivants : Saint-Sépulchre de Caen; abbaye d'Ardennes; abbaye de Troarn ; abbaye de Saint-Étienne de Caen; abbaye de Fécamp ; Dominicaines de Lisieux. 1 cahier in-folio, avec la date des titres. Copie collationnée de l'adjudication des différentes portions du domaine de Bayeux moyennant des rentes foncières, en exécution de l'arrêt du Conseil du 13 septembre 1750 (12 novembre 1750).

État des paroisses du département du Calvados, avec chiffre de leur contribution foncière en principal pour l'an XIII et l'an XIV.

Rentes foncières et seigneuriales des établissements suivants : les Croisiers de Caen ; les abbayes d'Aulnay, de Saint-Sever ; les Carmes de Caen; le prieuré de Saint-Nicolas de la Chesnée ; la Charité de Caen ; la Visitation ; les Nouvelles Catholiques ; les Jacobins de Caen; la Trinité ; le Saint-Désir de Lisieux ; Saint-Martin de Mortain; les Capucins de Caen ; Sainte-Barbe-en-Auge. Cahier in-folio avec la date des titres. Compagnie Dumarest : bureaux de Dives, Lisieux, Trévières, Caen, Falaise. Constitution de rente foncière aux chapelains de Saint-Malo, de Bayeux (25 novembre 1776. 1 parchemin. Ordre d'envoi en possession de la lande de Rauville-la-Place, près Saint-Sauveur-le-Vicomte, au profit de Mᵐᵉ de Grammont à cause de ses fiefs de Cartot et Garvetot 8 septembre 1782. Pièces concernant les forêts domaniales de la généralité de Caen. Correspondance de Dumarest et de Mariette. Prix des grains vendus à la halle de Caen (1789-1793), état certifié par le maire. État de rentes foncières dues à diverses communautés de Caen. Copies originales des Archives impériales.

Maison de Condé. — Pièces concernant diverses domaines, en particulier celui de Chantilly. Note historique sur la gruerie du Valois et de Nanteuil.

Maison de Penthièvre. — Domaines divers, Auray, Rambouillet, Sceaux, Tournon. duché de Penthièvre, etc.

Pièces concernant la terre de Saint-Sauveur-le-Château. Aveu rendu au roi en sa Chambre des comptes à Paris du temporel de l'Abbaye aux Dames de Caen (28 avril 1496) (copie). Contrats de rente aux Religieuses de Notre-Dame de Torigni ; aux Missionnaires de Bayeux ; à l'abbaye de la Perrine ; à l'abbaye de Hambye; aux Bernardins de Torigni (originaux. Pièces concernant une rente due au Prytanée français, par suite de l'union du ci-devant collège de de Mᵉ Gervais à Paris, sur une maison à Bayeux.

Orne. — État des titres primitifs, recognitifs ou énonciatifs des engagements et aliénations domaniales faits dans le département de l'Orne, en exécution de la loi du 14 ventôse an VII. District d'Argentan. Copies de pièces (XVIIIᵉ siècle. État de la Compagnie Dumarest, bureaux de Putanges, de Frun. État des communes du département de l'Orne qui composent les bureaux de l'administration de l'enregistrement et des domaines de la direction d'Alençon (1806).

Copies de pièces concernant la maison de Monsieur, tirées des Archives impériales. Notice sur le domaine de Domfront.

Indre-et-Loire. — Abbaye de Noyers; Ligueil (district de Loches : état des rentes transférées, amorties, abandonnées et restituées dans l'arrondissement du bureau de Tours; Richelieu ; Chalautre; Champigny, conversion d'une redevance de 24 chapeaux de fleurs en rente en grains, extrait des registres du Conseil de Mgr. le duc d'Orléans, 4 septembre 1744. Forêt de Beaufort, concession, lettres patentes de Monsieur du 28 janvier 1775; closerie des Jacobins, de Jouteau, terre d'Azay-sur-Cher; cures de Véretz, de Larçay, de la Ville-aux-Dames ; bois et fief de Saint-Gastion; procès-verbaux d'estimation; commanderie d'Amboise : déclaration des biens et revenus faite au nom du chevalier Du Chaffaut, le 31 décembre 1790; Bourgueil ; prieuré de La Roche-aux-Moines ; paroisse de Menillé ; cure de Sainte-Geneviève de Luynes; bien-fonds. État des domaines du roi aliénés dans l'étendue de la généralité de Tours. État des domaines engagés du duché de Vendôme depuis l'avènement de Henri IV 1589. Rentes dues à la maison de Bois-le-Comte, réservées au séminaire Saint-Charles de Tours, pour les années 1789 et suivantes. Extrait de déclarations faites au district de Tours en exécution du décret de l'Assemblée constituante du 13 novembre 1789 (abbaye de Saint-Julien de Tours, Feuillants, Cordeliers, Carmes, prieuré de Saint-Sauveur. Religieuses de Notre-Dame-du-Saint-Sépulcre au château de Luynes; Religieuses de l'Union chrétienne de Tours, etc.).

Sarthe. — État des communes du département. Pièces concernant la maison de Monsieur.

Charente. — Pièces concernant la maison du comte d'Artois (domaine d'Angoulême).

Haute-Vienne. — États divers.

Nièvre. — États divers.

Nord. — Abbaye de Fesny, diocèse de Cambrai.

Oise. — Adjudication des domaines nationaux du 1er au 31 janvier 1791 : liste imprimée avec les noms des adjudicataires et le montant des prix.

Loire-Inférieure. — Observations du directeur de l'enregistrement sur un état de rentes prétendues découvertes par MM. Dumarest et Cie (12 mai 1812).

Finistère. — Domaine de Carhaix.

Haut-Rhin et Bas-Rhin. — District de Benfeld, Haguenau.

Allier. — District de Gannat : extraits de pièces d'archives.

Eure. — Inventaires des biens de l'abbaye de Saint-Sauveur à Évreux, des Ursulines à Évreux, de l'abbaye Notre-Dame-du-Parc à Harcourt, de l'abbaye Saint-Pierre-Saint-Paul de Cartillon-de-Conches, des frères Cordeliers de Verneuil, des Jacobins d'Évreux, de l'abbaye de Lyre, des Religieux pénitents de Bernay, de la mense conventuelle de Bernay abbaye, petit couvent, offices claustraux et prieuré de Pressigny, de l'abbaye de la Noë à Bonneville, des frères mineurs de Bernay 1790), de l'abbaye de la Chaise-Dieu.

Extraits du registre des archives de l'Eure contenant les déclarations exigées par le décret du 10 frimaire an II par les détenteurs des domaines engagés situés dans les districts d'Evreux, des Andelys, de Bernay, de Louviers, de Pont-Audemer, de Verneuil, de Lisieux.

Pièces concernant le terrain dit des « sept villes de Bleu », près de Gisors.

Saône-et-Loire. — Districts de Louhans, Charolles, Mâcon.

Bouches-du-Rhône. — Un état.

Corse. — Un état.

Loir-et-Cher. — Pièces diverses.

Ille-et-Vilaine. — Pièces diverses.

Côtes-du-Nord. — Pièces diverses.

Doubs. — Pièces diverses.

Vosges. — Pièces diverses.

Somme. — Revenus et charges du prieuré de Maremoutiers, diocèse d'Amiens ; domaine de Chipille, seigneurie d'Albert.

Morbihan. — États divers.

Divers. — Extraits des états dressés suivant l'arrêté du gouvernement du 27 prairial an VIII et sur lesquels fut rendu le décret du 22 novembre 1810. Extraits du registre des arrêts et décisions de la préfecture de la Seine, 15 janvier-30 mars 1814, concernant la découverte de rentes domaniales ; nomination de commissaires pour la réduction du procès-verbal de vérification lesdites rentes (1811-1814. État des rentes, prestations, emphytéoses et créances provenant d'anciens établissements religieux dans le département de la Seine, qui ont été transférées à M. Mariette conformément au décret du 22 novembre 1810, le 19 janvier 1811, par l'administration des hospices civils de Paris, et dont il demande le visa du transfert. Arrêtés divers concernant les révélations. Rapport du Conseil général des hospices et du Conseil de préfecture de la Seine. Affaires diverses (La Trémouille, Baudenbacher), extraits du registre de la secrétairerie et de la maison du roi (Archives nationales) ; Cie des monnoyeurs. Archives nationales « Règlement et conventions du 11 novembre 1829 au sujet des biens et rentes révélées par le sieur Mariette au profit des hospices civils de Paris »

1 registre in-folio, 427 feuillets.

Ce registre contient l'acte du 11 novembre 1829 concernant l'établissement de l'actif et du passif du sieur Mariette et diverses conventions au sujet des biens révélés en exécution de la loi du 4 ventôse an IX et des décrets des 27 octobre 1808 et 22 novembre 1810, le rapport fait au Conseil général des hospices le 18 novembre 1829, et l'arrêté approbatif du Préfet de la Seine du 16 décembre 1829, des notes explicatives, une table chronologique des lois, décrets, arrêtés du gouvernement et avis du Conseil d'État, concernant les rentes attribuées aux hospices par la loi du 4 ventôse an IX, divers décrets, les arrêtés du Préfet de la Seine au sujet des révélations : arrêtés généraux et arrêtés de visa, une table chronologique des arrêtés du Conseil général des hospices, etc.

Titres extraits des archives du royaume par l'administration des hospices civils de Paris et remis par elle au sieur Mariette en exécution de l'arrêté du Conseil général des hospices du 28 avril 1830, et de l'article 1, n° 6, d'un acte sous seing privé du 26 juin 1830.

> 1 registre in-folio, 37 folios.

108. Documents sur l'*Hôtel-Dieu* retrouvés en 1905 à la Pharmacie centrale dans des coffrets à médicaments, et qui ont fait l'objet d'une plaquette intitulée : *Une Addition au fonds de l'Hôtel-Dieu* ; Paris, Berger-Levrault, 1905, in-8°, 53 pages.

Comptes du receveur. Cens dus par l'Hôtel-Dieu, 1573-1578 (79 feuillets).

Comptes du panetier : 1614 et 1620 (20 feuillets), 1656-1657 (45 feuillets), 1709-1710 (15 feuillets), 1770 (17 feuillets) et 1786 (30 feuillets).

Comptes du sommelier : 1724 (45 feuillets) et 1748 (6 feuillets).

Dépenses de la halle : 1724-1728 (4 feuillets) et 1775 (19 feuillets).

Registre contrôle de la recette générale : 1636 (19 feuillets).

Comptes de la boucherie de Carême : 1695 (86 feuillets), 1717 (120 feuillets), 1746 (210 feuillets) et 1756-1756 (89 feuillets).

Registre des messes quotidiennes de fondations : 1757 (57 feuillets).

Registre du banc : 1749 (35 feuillets).

Journal des dépenses de Mᵐᵉ Claude Chahu, dame de Passy, bienfaitrice de l'Hôtel-Dieu : 1660-1683 (75 feuillets).

> XVIIᵉ-XVIIIᵉ siècles. 4 cartons.

109. Fiches concernant les *bienfaiteurs des anciens hôpitaux et hospices de Paris*.

> 5 cartons.

> Il s'agit de fiches dressées par M. Brièle, ancien archiviste de l'Assistance publique, pour la préparation d'un ouvrage qui ne fut jamais publié. Ce dépouillement contient des renseignements pris sur des pièces brûlées en 1871. L'état numérique est le suivant :

Hôtel-Dieu	1.161	*Report*	3.069
Incurables	422	Hospitalières de la Ro-	
Enfants-Trouvés	309	quette	30
Hôpital général	242	Cent-Filles	23
Charité	229	Hospitalières de St-Mandé	20
Indigents des paroisses	192	Enfants-Rouges	18
Saint-Jacques-l'Hôpital	145	Orphelines de St-Sulpice	12
Trinité	129	Hospitalières de la rue	
Petites-Maisons	106	Mouffetard	5
Saint-Esprit	93	Miramiones	4
Saint-Gervais hôpital	41	Beaujon	3
		Cochin	2
A reporter	3.069	Total des fiches	3.186

110. *Registres de l'hospice de Bicêtre.*— 112 registres in-folio.
à savoir :

95 registres d'*entrée* du 22 décembre 1725 au 31 décembre 1828 ;
15 registres des *mendiants* du 1ᵉʳ avril 1716 au 31 octobre 1763 :
1 registre des sorties du 8 janvier 1807 au 31 décembre 1817 :
1 registre des décès du 23 janvier 1825 au 31 décembre 1829.

> A partir du 1ᵉʳ janvier 1762, les prisonniers ne figurent plus sur les
> registres des entrées de l'hospice. A cette date commence le 1ᵉʳ *registre
> de la prison* sur lequel on a relevé tous les existants au moment de la
> séparation des deux administrations. Ces registres étaient au nombre
> de 32 : 11 ont été brûlés pendant la Commune ; 4 se trouvent aux archives
> de la Préfecture de police, 17 au greffe du dépôt des condamnés à la
> Roquette. (Cf. Bru, *Histoire de Bicêtre*, p. 176.)
> Ces registres se trouvaient auparavant à Bicêtre. Les registres d'en-
> trée de l'Hôpital général sont conservés à la Salpêtrière.

111. Copie du procès-verbal de réduction des fondations de
l'*Hôpital général* du 15 février 1730, dont l'original est resté au
secrétariat de l'archevéché de Paris. Signé : Arraut. administrateur
de l'Hôpital général.

> Cette réduction fut prise à la suite de la délibération du Bureau du
> 9 janvier 1730 constatant que l'Hôpital général avait perdu « au visa
> les 4/5 sur les fonds des rentes de l'Hôtel de Ville » et que « le revenu
> du 5ᵉ desdits fonds restant avait été réduit du denier 25 au denier 40 »
> xviiiᵉ siècle. 1 cahier. 18 pages. Versement de la Salpêtrière (1910).

112. Pièces concernant l'église et le culte à la *Salpêtrière.*

> Permission de l'archevéque de Paris d'exposer le Saint-Sacrement
> le jour de Saint-François de Sales dans l'église de l'hôpital, et accor-
> dant 40 jours d'indulgence aux visiteurs 28 janvier 1693 ; extrait du
> registre de délibérations, du 15 janvier 1742 (réglement pour les

cierges ; don à l'église du chef de Saint-Boniface, martyr, et de diverses autres reliques (authentiques de Rome) 1683 , des os de Saint-Urbain, évêque et confesseur (1758) ; nomination de desservants à la Salpétrière ; règlement et lettres de l'archevêché concernant les fonctions ecclésiastiques.

XVIIe-XVIIIe siècles. Papier, 47 pièces. Versement de la Salpétrière 1910 .

113. *Salpétrière*. — Personnel. Ateliers.

XVIIe-XVIIIe siècles.

Extrait de délibérations de l'Hôpital général : réception d'officières réception d'apprentis « gagnant maitrise » : pièces concernant les manufactures, les moulins ateliers, etc., le registre des passeports, des affaires de vols ; supression des fêtes, des visites (22 août 1740 .

XVIIIe siècle. Papier, 34 pièces. Versement de la Salpétrière (1910).

114. *Salpétrière*. — Bâtiments. Cimetière.

Suppression de l'ancien cimetière par la suite de la construction d'un nouveau bâtiment, et permission d'en établir un nouveau, par l'archevêque de Paris 13 février 1767) ; suppression des resserres de blé dans la nef de l'église 1786 ; construction de bâtiment pour les métiers à toile et à tirtaines.

XVIIIe siècle. Papier, 6 pièces. Versement (1910 .

115. *Salpétrière*. — Malades. Administration.

Création d'une infirmerie pour le traitement de la gale délib. du 7 juin 1773 ; règlement fait par le bureau tenu à l'archevêché le 27 mai 1791 extrait ; règlement pour le service militaire et la discipline de la garde de la maison de la Salpétrière (20 novembre 1780 ; règlement concernant l'envoi des malades à l'Hôtel-Dieu (23 février 1739 ; règlement concernant la sortie des mendiants arrêtés et les frais de transport extrait du registre des délib. ,16 juillet 1736 .

XVIIIe siècle. Papier, 17 pièces. Versement 1910 .

116. *Salpétrière*. — Médecins et apothicaires.

Extraits de registres de délibérations du Bureau de l'Hôpital général, concernant la nomination de gagnants maitrise, chirurgiens et apothicaires ; délibération du 3 juillet 1780 concernant l'essai des remèdes nouveaux sur les pauvres dans les maisons de l'Hôpital général ; délibération du 9 janvier 1775 concernant la fourniture des bandages dans les maisons de l'Hôpital général ; délibération du 28 septembre 1744 concernant la fabrication de la thériaque à l'apothicairerie de la Salpétrière ; règlement de l'apothicairerie 1756 ; fonctions du chirurgien gagnant maitrise (délib. des 27 janvier 1744, 19 septembre 1746 et 16 mars 1757 ; fonctions des élèves en chirurgie (délib. des 5 novembre 1770, 11 mars 1744, 18 février 1778).

xviii° siècle. Papier, 27 pièces. Versement (1910).

117. *Salpêtrière*. — Dons et legs.

Extraits des registres des délibérations de l'Hôpital général.
Legs de la marquise de Lambert (délib. 21 avril 1766).
Don de M. Chaillou de Jonville, envoyé extraordinaire du roi près la république de Gênes (délib. 17 décembre 1759).
Don de M. de Berzeaux, oratorien, en faveur des petites filles trouvées recueillies au dortoir de l'Enfant-Jésus à la Pitié.

xviii° siècle. Papier, 9 pièces. Versement (1910).

118. Pièces sur *Bicêtre*.

Évasion de détenus (16 octobre 1761).
Vol de drap à la manufacture (délib. du Bureau de l'Hôpital général 12 décembre 1735), de sel ; règlement pour les enfants de chœur ; état des fondations de messes ; extrait des délibérations de l'Hôpital général concernant le sieur Thomas, chirurgien gagnant maitrise à Bicêtre, et ses essais de dragées antivénériennes (17 mars 1756, 26 janvier 1757).

xviii° siècle. Papier, 12 pièces. Versement de la Salpêtrière (1910).

119. Pièces sur la *Pitié*.

Nomination de chapelains, de suisses ; indulgence accordée aux fidèles par Clément XI pour les visiteurs de la chapelle de Notre-Dame de Pitié (1705).

xviii° siècle. Papier, 4 pièces. Parchemin, 4 pièces. Versement de la Salpêtrière (1910).

120. *Salpêtrière*. — Pièces de la période révolutionnaire.

Procès-verbal des femmes tuées dans la journée du 4 septembre 1792 à la maison de la Salpêtrière contenant le nom et l'état civil des 35 prisonnières « assommées », et des 52 prisonnières sorties). État dressé par le comité civil de la section du Finistère.
Nomination de l'abbé de Quélen en remplacement de l'abbé de Rancé comme chapelain de la Salpêtrière par les administrateurs du Directoire du département de Paris (13 novembre 1791) ; pièces concernant le placement à la Salpêtrière des épileptiques se trouvant à l'hospice des vénériens Saint-Jacques (15 mars 1792) ; état de la quantité des réverbères et de la durée des lumières nécessaires pour éclairer les cours de la Salpêtrière (14 thermidor an III) ; règlement pour l'infirmerie générale de la Salpêtrière (25 septembre 1792) ; dispositions générales et provisoires de police, de propreté et de sûreté ; extraits des registres des délibérations de la commission administrative des

hospices civils de Paris (an V-an XI, 45 pièces) concernant notamment des nominations d'élèves en médecine, chirurgie, pharmacie, de commis aux écritures, de divers employés, l'organisation du service de la buanderie (22 pluviôse an V), les fournitures aux ateliers, l'application du décadi, le transfert à la Salpêtrière de malades incurables de l'hospice du Nord (17 vendémiaire an VIII); le nouveau serment prêté en vertu de la loi du 25 brumaire an VIII ; un arrêté du département de la Seine, signé: Frochot, du 8 prairial an VIII, autorisant la réouverture au culte d'une des chapelles de l'église.

xviiⁱ siècle. Versement de 1910.

121. Pièces sur l'*Hôpital général* et les *Enfants-Trouvés*.

Extraits des registres de délibérations de l'Hôpital général (1739-1786, 14 pages, papier) concernant notamment l'envoi d'enfants en traitement à l'Hôtel-Dieu, l'envoi en apprentissage à la Salpêtrière, règlement des obligations du gouverneur qui est chargé de la conduite des apprentifs (*sic*) de la maison de la Salpêtrière, 24 mars 1743), l'application de la fondation Braquet, le règlement du 2 juillet 1760, les mesures prises pour effectuer la réunion de l'hôpital des Enfants-Rouges à celui des Enfants-Trouvés, en vertu des lettres patentes du mois de mai 1772.

Extrait des registres des délibérations de la commission administrative des hospices civils de Paris (an V-an IX; 28 pièces, papier) concernant les filles envoyées à la Salpêtrière pour inconduite, en apprentissage dans divers manufactures, les livres d'instruction fournis à l'hospice des Orphelins du « Faubourg Antoine », les placements, remises, évasions et réintégrations de pupilles, le transfert à la Maternité de la crèche de la Salpêtrière (21 messidor an VIII).

Versement de 1910.

122. *Salpêtrière.* — Pièces diverses, correspondance et extrait du Conseil général des hospices (1806-1849) concernant notamment les exercices du culte, nomination de chapelains, cérémonies.

123. Historique de divers hôpitaux : *Salpêtrière, Pitié, Bicêtre, Incurables-Hommes, Incurables-Femmes, Beaujon, Ménages, Maison de retraite de Montrouge.*

8 cahiers manuscrits, vers 1817, avec tableaux du métrage cubique des salles. — Achat.

124. Topographie médicale de Paris (1807-1808).

Ces observations faites par arrondissement sont dues aux médecins et chirurgiens des bureaux de bienfaisance tenus de les produire, en vertu de l'article 6 de leurs règlements, au conseil de salubrité.

8 cahiers et 2 pièces.

125. *Hôtel-Dieu.* — Pièces concernant le terrain de la Boule-Blanche, faubourg Montmartre, correspondance de Poulletier de Périgny avec le bureau de l'Hôtel-Dieu, et résiliation de bail.

xviii⁰ siècle. 16 pages. Papier.

126. *Hôpital Sainte-Catherine.* — Terrain au faubourg Montmartre. – Bail de ce terrain pour 99 ans à Lenoir, moyennant 2.400 livres de rente annuelle (1775), pièce au verso d'une affiche de pardon de l'Hôtel-Dieu. — Vente d'un terrain rue Buffault par Le Noir, architecte, moyennant 341 livres, 8 sous. — Ventes diverses

xviiiᵉ siècle. Parchemin, 7 pages. Papier, 3 pages

127. État numérique de la population indigente de Paris et renseignements statistiques sur cette population (1841).

xixᵉ siècle. 1 état imprimé.

128. Notices historiques sur les hospices: *Incurables-Hommes, Vieillesse-Femmes, Sainte-Périne, Beaujon, La Rochefoucauld, Incurables-Femmes* (vers 1827).

xixᵉ siècle, 6 cahiers in-folio.

129. Pièces concernant la fondation de la *Pharmacie centrale des hôpitaux*, quai de la Tournelle, dans l'ancien couvent des Miramiones (1810-1812) extraits de délibérations du Conseil général des hospices, règlements, etc. .

xixᵉ siècle. Papier, 12 pages.

130. Lettres de membres du Conseil général des hospices autographes de Camet de La Bonnardière, du duc de La Rochefoucauld, de Péligot, etc. (1817-1825).

xixᵉ siècle. Papier, 16 pages.

131. Plan général sur les hôpitaux de toutes les provinces de France par M. P. D. L. G. Percheron de La Galaizière (1785).

xviiiᵉ siècle. Registre in-folio, 184 pages, reliure ancienne. Ouvrage entrepris à la suite de l'arrêt du 17 août 1777. Divisé en 12 chapitres: Causes de l'indigence, abus de la liberté illimitée et indéfinie des entrées aux hôpitaux. État actuel de l'Hôtel-Dieu de Paris. Plan de règlement général pour les hôpitaux de la Ville de Paris, pour l'Hôtel-Dieu, pour l'Hôpital général, pour les paroisses des villes et campagnes, etc.

132. Règlement pour la supérieure de la maison de Saint-Louis de la *Salpêtrière*; règlement pour les sœurs officières de la maison de Saint-Louis de la Salpêtrière. — Extrait des registres de l'Hôpital général du 8 juillet 1692. — Fonctions d'économe et de sous-économe de la maison, certifié par l'administrateur Colin, 1ᵉʳ août 1702. A la fin, on a relié une gravure représentant Sainte-Marguerite, vierge et martyre.

xviiiᵉ siècle. Registre in-folio, 35 pages, reliure ancienne. (Achat.)

133. Recueil factice in-4° comprenant :

1° Notice sur l'asylum des fous érigé dans le comté de Yorkshire par la société des Quakers, par Samuel Tuke; Londres, 1829. — Traduction française. 148 pages.

2° Note sur les hôpitaux et hospices civils de Paris de 1785 à 1830, 37 pages.

3° Questions générales sur le service des hôpitaux destinées à un visiteur de ces établissemens en province ou à l'étranger, 1835.

4° Programme d'un hôpital civil pour 600 malades précédé d'un préambule sur les attributions des personnes préposées à son service, 1834.

5° Recueil sur la comptabilité des hôpitaux militaires, 1833, 119 pages.

6° Note sur les services de M. Péligot (chef de la comptabilité générale de 1802 à 1813).

7° Recherches historiques sur l'hôpital des Vénériens par M. Démay; Paris, 1830.

8° Compte financier moral et statistique de l'établissement de convalescence de Saint-Cloud, 1831, 109 pages.

9° Rapport sur l'épidémie cholérique en 1832, dressé sur la demande de M. Camet de La Bonnardière, membre du Conseil général des hospices, 1833.

10° Rapport fait au Conseil général des hospices au sujet des demandes et observations des médecins, 111 pages.

11° Rapport sur la création d'un hôpital spécial pour les vénériens, 1834.

12° Rapport sur le service des bains externes de l'hôpital Saint-Louis, 1836.

13° Notice historique sur la société de Charité maternelle, 1831.

134. Extraits du registre des délibérations du Directoire du département, de la commission des secours publics et du Directoire exécutif concernant les hôpitaux.

> xviiie siècle. 1 cahier de 24 feuillets.

135. *Bureau de bienfaisance du 9e arrondissement ancien* : 3 registres.

> 3 registres de délibérations : 13 janvier 1819-5 février 1823 ; 12 février 1823-27 juin 1827 ; 4 juillet 1827-26 mars 1828.

136. Collection des arrêtés et des procès-verbaux des séances du *Conseil général des hospices* 1801-1848.

> xixe siècle. 207 volumes in-folio, composés de pièces collées sur onglet comprenant, outre les arrêtés, différentes pièces de correspondance et des statistiques afférentes aux délibérations des séances.

137. Hôpital de la *Charité*. Registres des entrées, 1702 à 1859.

> 131 registres.

138. Hôpital de la *Pitié*. Registres des entrées du 1er janvier 1701 au 20 juin 1732.

> 9 registres.

INDEX ALPHABÉTIQUE

*Composé, imprimé et broché
par les pupilles de l'Assistance publique
élèves de l'école d'Alembert
à Montévrain, près de Lagny
(Seine-et-Marne)*